시즌 2

노곤하개 ④

홍끼 글·그림

ⅤⅠ아ㅂㅜㄱ
ViaBook Publisher

랜선집사 모두 모이개!

반려동물을 키우는 건 굉장히 힘든 일입니다.

힘들고, 힘들고, 또 힘들어요.

매일같이 산책과 청소를 하고, 배설물을 치우고, 털을 빗겨주고,

밥은 물론, 간식도 잘 챙겨줘야 하고 시간을 내서 놀아줘야 하죠.

병원비는 어찌 그리도 많이 나오는지,

항상 영수증을 받고 깜짝 놀라곤 합니다.

많은 집사들은 이 말에 공감하고 계실 거예요.

반려동물은 사람과 같이 감정을 느끼고 나타내죠.

혼자 있으면 외로워하고, 집사가 놀아주지 않는다면 서운해해요.

그래서 언제나 내버려두지 않고, 같이 놀고 쉬고 모든 걸 공유해요.

그렇지만 언제나 반려동물과 함께하고 싶은 사람들도

반려동물을 서뜻 데려오지 못합니다.

생명을 책임진다는 건 너무 무거운 일이고
기를 수 있는 환경, 가족의 동의, 경제적 여유로움 등
너무 많은 것들을 따져봐야 하기 때문이죠.

맞아요. 반려동물 키우지 마세요, 너무 힘들어요.
그렇지만 '랜선집사'가 되는 건
여러분도 할 수 있어요!
재구, 홍구 그리고 줍줍, 욘두, 매미의 랜선집사가 되어주실 분들께
이 책을 바칩니다.

2019년 2월

 멍냥집사 홍끼

차례

Holiday

Holiday Holiday Holiday Holiday Holiday Holid

줍줍이의 먹성

줍줍이는 아사할 뻔한
위기에서 벗어난
기억이 있어서인지

척추가 드러나 보일 정도로
말랐던 시절

먹을 것에 대한 집착이 엄청났다.

호로로로로롭

저렇게 먹으면 안 되는 거 아닌가?

아니야, 잘 먹는 게 좋은 건가?

쉬익

챱챱챱

구들 밥그릇

근데 저건 좀 심한 거 아님?

줍줍이는 우리 집에 와서 3일이 지난 후에야 기운을 차릴 수 있었는데

아직 잘 걷지도 못해요. 안쓰러워라…

건강이 나아진 후부터는 본격적인 먹고 싸는 기계가 되어버린 것이다.

앍ㅡ옹

냠냠

뽀직뽀직

7

여보야 여보야!!!

분명 어젯밤에 여보가 줍이 화장실을 청소했잖아요?

네.

근데 오늘 화장실 상태를 봐.

…!!!!!

저 조그만 몸으로 어떻게 하루 만에 이 정도의 응가를 생산할 수 있는 거죠?

줍줍이의 성분표

꼬리

터럭

줍줍이인 부분

응가

쉬

아냐

웅흥

젤리

걱정돼서 찾아간 병원의
의사 선생님이 말씀해주시길-

발육이 엄청 좋네요.

착한 척하지
마라

그리고 이렇게
착한 고양이는 처음이야.

옛? 그럴 리가요.

이렇게 식사량을 조절 못하는 고양이들에게는
오히려 자율 급식이 도움이 될 수 있어요.

항상 밥그릇을 가득 채워서
'먹어도 먹어도 밥이 사라지지 않네?',
'지금 열심히 먹지 않아도 괜찮아'
라고 생각하게 해주는 거죠.

오오오오오오ー!

족제비 줍줍

신기하게도 응가를 하고 나면,
다시 날씬해진다.

이렇게까지 격렬한 부러움을
느낀 적은 없었다.

그렇다면
프로 부르주아 메이커가
나설 수밖에 없겠군!

잘 먹는 거
짱 좋아

고양이 뷔페 완성!

찌로롯 ─!

살찌우기의
달인

깨끗―

어째서?!

‥‥‥

헥
헥
헥
헥

평소에 잘 안 들어가던
켄넬에 스스로 들어가기.

못 본 척해주자…

그러자…

그리고 끝나지 않을 것 같았던 줍줍이의 먹성은
생각 외의 일로 마무리되었다.

고양이가 가끔 멍멍이밥을 먹는 건 괜찮지만
주식으로 먹으면 영양소가 부족해서 위험해요!

줍줍이의 중성화 (1)

그 좋아하던
간식도 안 먹어요!!!

줍아, 어디 아픈 거야?

…!

여보, 줍이에게
발정이 오는 것
같아요.

너무너무
무섭다.

줍줍이의 이른
첫 발정이 시작됐다.

줍줍이는 울음소리가
정말 특이한 편인데-

발정기의 울음소리는
정말 심각한 정도였다.

알 - 옹, 얙

깸

깎꿍

깨애애애애애액
깨애애애애애액 애애애애~

애애애~깨애애애~

깨애래애래
래래래애액~

마치 칠판 긁는 소리를
듣는 것 같다…!

다음 날 바로
병원으로 향했다.

일단 중성화수술을 할 수 있는지
미리 검사를 좀 해볼게요.

병원이라고
착한 척해봤자다

너무 착해.

그렇게 검사를 마친
줍줍이가 돌아왔는데-

당분간 수술은
못하겠네요.

얘… 깸!

아픈 데라도
있는 건가요?

줍줍이가 허피스를 앓고 있잖아요?
아무래도 성묘가 되기 전까지는
계속해서 면역력이 안 좋아질 때마다
허피스 관련 증상이 나올 거예요.

줍줍이 자체가 면역력이
엄청 약하기도 하고요.

전체적인 수치가
많이 좋지 않아요.

만약 다음 주 검사에서
수치가 나아지지 않는다면
정말로 위험할 수 있습니다.

복막염이라면
나을 수 없을 거예요.

17

줍아
이제는 건강해져야지―

그날은 이유를 알 수 없는
탈수 상태의 수치를 보이는
줍줍이를 위해 수액을 맞히고

퉤퉤퉤

집으로 돌아와
영양식을 준비해 먹였다.

그리고 다음 주 검사일.

다행이네요.
수치가 많이 돌아왔어요.
아마 첫 발정이 줍줍이한테는
많이 힘들었나 보네요.

대박...
무서웠음

다행이다!
줍이 잘했네~

중성화수술은
할 수 있지만
음…

조금 더 건강해신 다음 하는 게
더 안전하긴 할 것 같아요.

오늘 해도 나쁘진 않지만
아무래도 회복이 더딜 것 같아서…

이 말이 고생의 시작이 될 줄은 몰랐다.

줍줍이처럼 발정기가 너무 힘든 고양이들은 살이 쭉쭉 빠지기도 해요.

고양이의 중성화

꼭 필요한가요?

암컷 고양이의 경우 중성화수술을 통해 수컷을 찾아 울거나
실내에서 소변으로 영역을 표시하는 행동, 가출 및 사고 방지,
자궁축농증과 유선종양 및 원치 않는 임신을 예방할 수 있고,
수컷의 경우 고환종양이나 전립선염을 예방하고 공격성을 낮추며
특유의 강한 냄새가 나는 소변으로 영역을 표시하는 행위를 예방할 수 있습니다.
결국 질병, 행동학적 문제, 유실 예방의 차원에서 중성화는
꼭 필요한 수술입니다.

통증에 대한 우려와 수술에 대한 불안감 등의 이유로
수술하지 않는 경우를 종종 보는데,
이때는 가출 방지를 위해 항상 보살펴주는 가족이나 친구가 있어야 하고,
나이가 들어감에 따라 유선종양이나 난소종양 그리고 자궁 질환이 생기기도 하므로
정기검진으로 이상 유무를 확인할 필요가 있습니다.

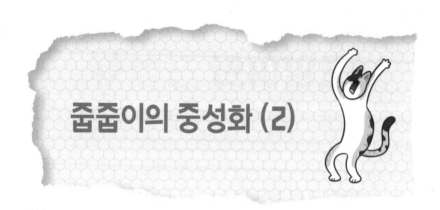

줍줍이의 중성화 (2)

줍줍이는 첫 발정이
너무 힘들었던 나머지

깨오애오애

깨오애오애…

급격하게 살이 빠져갔다.

헉… 어, 어떡하지
줍이가 극심한 스트레스 때문에
점점 성격파탄냥이 되어가고 있어.

끼에에에엑

고롱~

고롱~

고로ㅇㅇㅇㅇㅇ로ㅇㅇㅇ옹~

휴… 다행이다.
성난 줍이가 드디어
안정을 찾았네요.

굿.

그리고 다시
병원으로 향했다.

줍줍이가 발정 때문에
몸이 점점 약해져서 수술이 더
힘들어지고 있네요.

(빼꼼)

흠… 흐흐흐흐흐

일단 다시 회복하는 게
중요하니 최대한 잘 먹이고
준비하다가

발정이 멈추는 기간에
얼른 수술을 마칩시다!!

넷!

그렇지만 줍줍이의 발정은
쉽사리 멈춰지지 않았다.

애오애오애오

애오애애애액
!!!!

덩달아
스트레스

어우 귀찮아 죽겠개

귀찮아도
잘 참는 재구

부밋

부밋

부밋

퓨우우우...

다음에는 꼭 수술해요…
다음에는 꼭… 으흐흑!!!

또다시 몇 번의 예약과
수술 불가를 반복한 끝에…

드디어 중성화수술 날이
다가왔다.

발정중에 중성화수술을 하면 자궁이 부어 있기
때문에 회복이 더디고 아플 수 있다고 해요.

줍줍이의 중성화 (3)

수술을 위해 줍줍이와
병원에서 한참을 대기한 후

줍줍이는 수술실로 들어가고
나는 수술이 끝날 때까지
기다리기로 했다.

가만히 앉아 있는 것도
너무 힘들군.

줍이 괜찮은 걸까.
나도 병원 가는 게
너무 무서운데

수술은 얼마나 무서울까?
깨어나서 아프면
어떡하지…?

이런저런 생각을 하며
기다리다 보니
수술은 무사히 끝이 났다.

잘 끝났어요.

아물 때까지
관리만 잘 해주시면
될 것 같아요.

덜덜덜

감사합니다!

다시 줍줍이가 수액을 맞으며
회복할 때까지 기다리기로 했다.

줍아
이제 괜찮아.

앍옹!

그 와중에 엉덩이
너무 아프다.

다시 한참을 기다린 후…

머어어어엉~

……

저… 선생님?

네?

혹시 얼마나 더
기다려야 하나요?
제가 일이 좀 있어서…!

마감이 급하다!!!

바쁘시면 줍줍이
입원시켜놓을 테니
다녀오세요!

그렇게 마감을 하고,
다시 병원으로 달려갔다.

줍줍이
엄청 떨었어요.

언니 왔어 줍아!
늦어서 미안해.

다시 기다림의 시간.

힘드냐 줍아.
나도 힘들다…

아니야, 줍이
네가 더 힘들어…!

이제 집에
가셔도 돼요!

와아앙아아!

집에 가기 전
환부를 핥거나 긁지 못하게
환묘복을 입혀주셨다.

쓰이익

기분
나빠졌다

그래도 우리 줍이
잘 견뎠네.

엄청 얌전하고
씩씩하네~

그렇게 이런저런 반창고와
붕대를 덧대가며,
자기 전까지 줍줍이와
씨름을 했다.

이거 입고 있어야
되는 거라고!!!

갸아아악
냐아아악!!!

상처 덧나면
안 된단 말이야…!!!

그리고 아침.

우음…

여보?!

여보
무슨 일이야!!!

잠 안 자고
있었어???

줍이가… 밤새도록…
옷을… 벗고… 상처를 핥아서…

죽지 마
여보!!!!

한숨도
못 잤다…

머리가 하얘질 즈음
어제 올려둔 줍줍이 사진에
댓글이 달린 걸 발견했다.

레깅스 가위로 잘라서 입히면
간편하고 좋아요! 줍줍아 힘내

줍줍아 수고했어 ㅜㅜ

레깅스 진짜 편해요!! ㅋ

!!!

그리고 줌줌이에게
레깅스를 잘라 입혔더니

끄흐흑
최고야…

천사야.

평화 지킴이임.

정보 공유는 집사들에게
큰 힘이 됩니다!

고양이의 몸통 길이만큼 레깅스를 자르고
다리가 나오는 부분만 만들면 쉽게 입힐 수 있어요!

강아지의 중성화

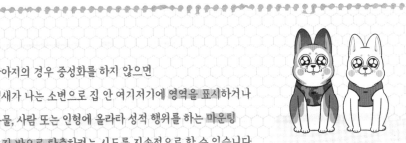

수컷 강아지의 경우 중성화를 하지 않으면
강한 냄새가 나는 소변으로 집 안 여기저기에 영역을 표시하거나
동거 동물, 사람 또는 인형에 올라타 성적 행위를 하는 마운팅
그리고 집 밖으로 탈출하려는 시도를 지속적으로 할 수 있습니다.
암컷 강아지는 1년에 두 차례 생리를 하는데
매번 출혈과 식욕부진 등의 스트레스에 시달리고,
나이가 들어서는 유선종양이나 자궁축농증에 걸릴 수 있습니다.

수술 시기

6~9개월령에 중성화수술이 가능한데,
만약 생리가 시작되었거나 최근에 있었다면
3~4개월 후 수술해야 수술 이후의 상상임신을 예방할 수 있고,
나이가 들면 수술 후 감염 위험성이 높아지므로
수술을 고려하고 있다면 적기에 하는 것이 좋습니다.

수술 후 관리

수술 후에는 조용하게 쉴 수 있는 환경을 만들어주고
최장 2주까지는 뛰거나 점프하지 않도록 도와주세요.
또 수술 부위를 핥으면 염증이 생기므로 넥칼라나 환견복을 입히고,
목욕은 수술 후 10일차 정도가 적당합니다.

OR YOU   LOVE♥ CUTE!   THANK YOU!   Hello!   FO

재구 홍구를 만났다 (1)

그래서 오늘은 재구 홍구를 입양할 때의 자세한 내용에 대해서 얘기해보려고 합니다.

뿌리를 찾아서…

때는 2013년 여름 즈음…

강아지 입양을 준비하고 있었을 때

음… 입양할 거라면 이왕이면 유기 동물 보호소에서 데려오고 싶은데

매옹

누군가한테 버려져서 쓸쓸하게 죽어가는 강아지들이 많은데, 굳이 새로운 강아지를 사고 싶지는 않아.

실제로 동물보호관리 시스템에서 찾아본 유기견들의 모습은

더럽고 꾀죄죄하지도 사나워 보이지도 않아.

공고번호
접수일
품종
성별
발견장
특징

이렇게 어린 강아지가 보호소에?

사람들이 생각하는 유기견의 이미지와는 달리 너무 사랑스러웠다.

사랑스러움에도 불구하고

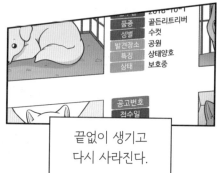

끝없이 생기고
다시 사라진다.

역시나 인기 많은 종들이
보호소에도 가득하구나.

엄청 이상한 일이다…

강아지를 직접 보고
결정하고 싶어서 사설 보호소에
봉사를 하러 가기로 했다.

안녕하세요!

보호소의 개들은 사납고
경계심이 가득할지도 모른다는
생각을 하고 있었지만

보호소
소장님

멍! 멍!

멍!

멍!

안녕?

헉, 사람을
엄청 좋아하네요!

조그마한 관심에도
기회를 놓치지 않으려는 것처럼
안간힘을 쓰고 안겨왔다.

지금 안긴 애가
특히 사람을 좋아해요.

너무 사랑을 고파하는데
나이가 많아서 데려가려고
하는 사람이 별로 없어요.

보호소에서 강아지를
입양해줬으면 좋겠는데
새로운 강아지를
사려고만 생각하죠.

보호소 강아지도
똑같은 강아지예요.

내가 해줄 수 있는 건
밥과 물을 갈아주고

간단한 청소와

분명 오랜만이었을 산책을
같이 나가주는 것.

이제 돌아가자.

고집…

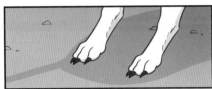

얘는 이 시간을 며칠이나
기다린 걸까라는 생각이 들자
발을 옮기기가 어려웠다.

보호소의 소장님은 금전적인 부담을
힘겹게 감당해가며

피유우…
이번 달도 힘드네요…

당장 눈앞에 있는 생명들을 돌보려고
애쓰시는 분이었다.

본인이 힘들게 일해 받은
월급을 쏟아붓고

사람들의 모금을 받아
알음알음 사룟값에 보탠다고 해도

개인이 감당할 수 있는 일은
아니었다.

그렇기에
정말 대단한
본인 거지만

개인이 감당해내야 하는 일도 아니지.

집에서 기르는 고양이랑
잘 지냈으면 해서
이왕이면 어렸으면 하는데…
혹시나 위험한 상황이 올까 봐요.
소형견은 부모님이 반대하세요

소장님께 강아지를
입양하고 싶다고 말한 후
이런저런 이야기를 나눴는데,

이 보호소에
어린 강아지는 없어요.

그렇다면 카페에 올라왔던
강아지는 어때요?

그렇게 재구 홍구에 대한
이야기를 처음 듣게 되었다.

재구 홍구의 엄마는
산과 밭을 떠도는
들개였다고 한다.

보호소에 있는 강아지들도 예쁘고 활발해요.
문제가 있어서 버림받은 게 아니랍니다.

49

재구 홍구를
만났다 (2)

(외모는 상상)

재구 홍구의 엄마는
산과 밭을 떠도는
들개였다고 한다.

그러던 어느 날 엄마 개가
돌연 사라졌고

둘만 남은 재구와 홍구는
근처 과수원까지 내려와
밥을 얻어먹고 다녔다.

밥 좀 주시개

그러던 중 재구 홍구를 지켜보고 있던
맘씨 좋은 부부께서

유기 동물 카페를 통해
입양 홍보에 나섰던 것이다.

너무너무
귀엽지만…!!!

두 마리는 무리예요.

아버지가 털 날리는 걸
워낙 싫어하셔서
털이 짧은 애들을 찾아보고
있기도 하고요…

그렇군요.

그래서 카페의 입양 홍보 글을
찾아보다가 다른 강아지를
데려오기로 결정했는데

애는 어때?

심드렁

층간 소음 문제로 입양시키겠다던
견주의 연락이 입양일 전에
돌연 끊겨버렸다.

뚝... 뚝

???
뭐임?

그러던 중 눈에 밟히던
재구 홍구가 생각났다.

음…
엄마빠.

애들 털 엄청 빠질 거 같긴 한데…
두 마리이기도 하고
싫다고 할 것 같긴 한데
사진만 일단 좀…

얘가 젤 낫네…

엥???

털 빠지는 게 싫다며,
안 빠지는 개가 좋다며?

시골에서는
시골 개를 키워야지.

…?
그럼 강아지
데려온다?

뭐 하러
강아지를 키워!

그렇게 멍멍이들은
우리 가족의 일원이 되었다.

매미랑도 잘 지내네.
다행이야!

그래서 재구 홍구의 핏줄은
알 수 없게 되었습니다.

엄마 개도 아빠 개도
실제로 본 적 없음

나중에 재구의 외모가 변하면서
부견이 허스키이거나
허스키 믹스일 수 있겠구나 정도의
추정을 할 뿐…

엄마 개는 평범한 토종개 외형의
얼룩개였다고 합니다.

결론은 재구는 재구고
홍구는 홍구라는 거죠.

으휴…

개스키들.

믹스는 세상에 하나뿐이에요!
어딜 가도 알아볼 수 있어요.

형아 마중 가기

밤늦게 퇴근해서
새벽이면 역에 도착하는
남편을 위해 멍멍이들과
몇 번 마중을 나갔더니

점심 이후 출근

'마중'의 의미를
이해하기 시작했다.

생각보다
똑똑한걸…?

똑똑하면 제발
내 말 좀 들어라.

남편의 지하철역
도착 시간은 새벽 1시.

씰룩씰룩

슬금슬금

이걸 이해해버린 구들은
12시가 되면 마중을 나가기 위해
몸을 풀기 시작한다.

누나 누나
인나개.

촤아악!

촥!

으아악!!!

아니, 1시간 남았다고!!!
미리 깨우지 말라고!!!!!

나 진짜 미리 깨우는 거 짱 싫어!!!!
그리고 발톱 너무 아파!!!

[학교 가는 날 꼭 1시간 일찍 깨우는 엄마]

지금 8시다.

진짜???

7시잖아!!!!!

일찍일찍 일어나야지.

퀭…

내 다크서클의 7할은 마감,
3할은 저놈들이 만든 게
분명하다.

그렇게 기다리다 도착 10분 전에
지하철역으로 출발하는데

형아 마중하러 가자~

이 시간의 산책은 평소의
냄새 맡기 산책과는 달리

유우심-

유심-

...?

안녕?
왜 쳐다보니...?

저기요. 혹시
형아 아니세요?

형아
맞는 듯?

[형아 찾기]라는
퀘스트가 추가된다.

남편과 비슷한 옷

헉, 형아다.

형아, 형아.

…?
나를 왜 이렇게 좋아하는 거죠?

형아, 형아, 형아.

너 아는 개야?

아니, 몰라. 그렇지만 개이득.

가까이서 보니 형아 아니지만 일단 개신남

개귀엽다.

으휴, 관종들…

역에 도착할 때까지 세 번 정도 반복한다.

내 엉덩이를 보개.

귀여워~

붕 붕

형아 아니지만 반갑개.

지하철역에 도착한
순간부터는

에스컬레이터로
올라오는 사람들을
스캔하기 시작한다.

빼꼼

형아!

형아!

형아!

이렇게 약 10초간의
격렬한 인사가 끝나고 나면

아이고 우리 구야,
형아 와서 좋았어요~?

갑자기 사람에 대한
모든 흥미가 식어버림.

갑분싸…

산책
안 가나

ㄱㄱ

멍멍이들도 눈으로 먼저 집사를 알아본대요!

줍줍이와 수오수

남편과 재구 홍구까지

잠시 제주도에
길게 내려갔다 올 일이
생기는 바람에

나는…?

줍이는… 음…

수오수 집에
맡기자!

꺄으라얼아ㅏ
너무 조아!!!

이름 : 수오수
- 고양이 짱 좋아함
- 집에서 고양이 못 기르게 함

그렇지만 일주일 동안 열심히 이뻐해주겠어.

이리 와~~ 엘렐렐레레~~~

쑤이익

이렇게 줍줍이는 수오수의 집에 맡겨지게 되었다.

그리고 멍멍이와 도착한 제주도!

구야, 이제 집 가면 할머니랑 엄마랑 매미 보는 거야~

부릉...

매미 보고 싶지?

매미한테 또 뽀뽀해줄 거야?

응!

뭔진 모르겠지만 좋은 말 하는 것 같음

그렇게 집에 도착했다.

아이고
우리 도꾸~~~~!!!

큰 도꾸   작은 도꾸

도꾸 : 할머니가 구들을 부를 때 쓰는 말로,
엄마 생각으로는 도그(dog)일 것이라고 한다

엄마, 매미
나갔어?

몰라,
또 어디서 놀다 오겠지.
한두 번인가…

그러면 구야,
산책 갔다 오자!

산책! 산책!!!

산책을 하고 집으로
돌아오던 중

낑낑낑

낑월럴럴!

구야, 고양이 있어?

마당까지만 자유롭게
드나들고 있다고 한다.

찌릉하네

여자친구와의 만남의 장소

그리고 어느 날은 엄마가
친구네 집에 놀러 갔더니

매.옹.

띠용

집에… 가라…

네!

고분고분하게
들어갔다고 한다.

짧은 기간 동안 줍줍이를 맡아서 돌보던
수오수는 수시로 사진 자랑을 해왔다.

아니야 줍이는
내 고양이야

그날 밤 수오수는 남몰래
눈물을 흘렸다고 한다.

흑흑… 줍줍아…
가지 마…!

울었대요~

아니야, 안 울었어!
울 뻔한 것뿐이야!

멍멍이들도 오래전 친하게 지냈던 친구들을
기억한대요!

고양이 먐미 (1)

여느 때와 같이 산책 후
집으로 돌아가던 도중

가자아아아~~~!

짜뿝

킁킁킁...

킁킁킁킁킁...!

뭐야? 왜 그래?

낑낑낑 낑낑낑낑낑
끼이이잉낑낑낑낑

주차된 차 밑에
고양이 한 마리가 있었다.

누워 있던 그 고양이는 이상하게도
멍멍이들이 코를 들이미는데도

킁킁!!!   킁킁!

넋이 나간 표정으로 가만히
허공을 바라보고 있었다.

다음 날 저녁 주차장 옆을
지나가는데

한참을 절뚝거리며
주변을 배회하던 고양이는

이내 다시 차 밑으로 들어가서
가만히 누워만 있었다.

그다음 날도.

헉…

이상해요.
길고양이가 아닌 것 같아.

그 주차장
고양이요?

네.

길에서 태어나고
자란 고양이라면

계속 배회하기

두리번

두리번

한자리에서 끊임없이
멍 때리기

그렇게 밖에 처음 나와봐서
무섭고 당황스러운 것처럼
보이는 행동을 취하고 있진
않을 것 같아요.

혹시나 싶어서 밥과 물을
가져다줬는데

불쑥!

할짝할짝

주위도 안 살펴보고
그냥 달려드네.

길고양이라면 당연히
경계가 있어야 할 상황에
오히려 무딘 것처럼 행동한다.

밥과 물을 앞으로 당겨서
고양이의 얼굴을
확인해보려고 했는데-

앗.

집고양이…
맞는 것 같은데?

카아악

카악

실버 태비

묘하게 품종묘+코숏
믹스된 듯한 외형

그리고 엄청나게
더럽고 꼬질꼬질한 털

다가
오지마!

관리해주던 사람이 없으니까
급격하게 더러워진 느낌인데…

혹시나 주인이 있을까 싶어서
여기저기 고양이 찾는 글을
찾아봤지만

없다…!
못 찾겠어…!

어떡하지…
잡아야 하나?

일단 잡아놓고 병원 데려가면서
차차 주인 찾아볼까요?

여보야,
여보 하고픈 대로 하세요.

너무 걱정되면
잡아서 병원 데려가자.
돈 좀 써도 되니까요.

그렇게 주차장 고양이 잡기에 나섰다.

두
둥!

반려동물을 데려오기 전에 한번 더 생각해주세요.

얼굴만 쏙 내미는 겁쟁이 먐미

먐미

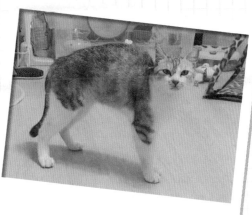

포근하다냥

나른한 먐미

고양이 맘미 (2)

주차장 고양이 잡기에
필요한 준비물은
냄새가 유혹적인 고등어 간식과

쒸…
내 건데?

구들의 켄넬!

사실 이제까지는 간식만
내밀어도 손 앞까지 와서
받아먹었기 때문에

근거 없는 자신감

고양이들은
날 좋아해!

고양이를 잡는 일은
쉬울 거라고 생각했었다.

자자,
고등어 냄새 맡아!

수상◦◦◦

킁킁…!

츄릅…!

츄릅…!

역시
금방 나오는군!

고등어 간식을 켄넬 안으로
툭 던져두고

투욱

가만히 기다림.

······

잠시 쉬다가 사람들이
없어진 걸 확인한 뒤

이번엔 켄넬 문에 줄을 묶고
기다리기 시작했다.

들어오면 줄을 당겨서
문을 닫는 거야…!

일부러 사람들이
잘 안 보이는 방향으로
켄넬을 옮겼다.

기다림의 시간…

미끼가
별론가?

너무
수상해 보였나?

고양이다.

……

타닥!

뭐 잡는 건가?

네… 고양이가
다쳐서요…
병원 네려가려고요…

아 ㅎㅎ

고양이는 그 이후로
아무리 기다려도
차 밖으로 나오지 않았다.

여보 괜찮아…?

집을 나온 고양이에게 주인을 찾아준다고 무턱대고 손으로
잡으려고 하면 위험해질 수 있어요! 고양이의 사진을 찍은 뒤
주인에게 사진과 함께 위치를 보내주세요!

고양이를 입양하기 전에

고양이 맘미 (3)

한 번 위협을 느낀 고양이는
마음의 문을 닫고

좀처럼 경계를 늦추지 않았다.

다시 몇 번의 시도 후에…

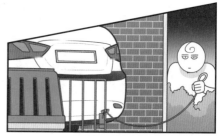

내가 괜한 오지랖을
부렸던 걸까?

사실 바깥 생활에
만족하고 있는 게
아닐까?

막상 잡는다고 해도
바깥이 더 좋았다고
생각한다면?

내가 뭘 안다고
쟤 인생에 그렇게나
간섭해야 하지?

그렇게 며칠이 흘렀다.

택배 왔습니다~!

우당탕

우르르

짜잔!

여보 뭐 샀어?
게임기 샀어?

두근두근

이거
포획틀이에요!

?!

... 포획틀을
왜 샀어요?

나 사실 고양이
잡아도 되는 건지
잘 모르겠어…

이번에 여보 고생하는 거 보니까
혹시나 나중에 우리 줍이 집 나가면
어떡하나 생각이 들어서
그냥 사봤어요~

그리고 엄청
저렴하게 샀어!

와프가 말했지.
싸다고 자꾸 사서
쟁여놓지 말라고!

그렇지만
이번에는 잘했어요.

웅!

그리고 그 후로도 고양이는
그 자리에 계속 있었다.

가자~!

고양이~
있다고!

낑낑삥삥
낑낑낑!

남편과 함께
포획틀을 설치하고
기다려보기로 했다.

아까 보니까
밥두 안 먹던데 고등어로
유인이 될까요.

침에 피가
같이 나오던데…

고등어를 향한 집착은 엄청났다…!

쿵쿵…!

쿵쿵

잠시 들어가는 듯하더니

틀 사이로 손을 넣어
간식을 꺼내버렸다.

이야, 쓸데없이 똑똑하다.

망했다…!

그렇게 포기하고 돌아가려던 순간

고등어 부스러기를 먹고 싶었던 고양이가 포획틀 안으로 들어가기 시작했다.

고양이의 침에 피가 섞여 나온다면 구내염을 의심할 수 있어요.

고양이의 구내염

원인 및 증상

고양이의 구내염은 입과 잇몸의 심한 통증을 동반하는 염증 상태를 말하며, 대부분 입술과 입술 안쪽, 혀, 잇몸 등의 부위가 헐기 때문에 궤양을 동반합니다. 칼리시바이러스와 같은 바이러스 감염, 치석이나 잇몸의 염증, 세균 감염, 면역부전바이러스(FIV) 감염 등에 의한 면역계 이상 등의 복합적인 원인으로 유발되는데, 음식을 먹기 힘들어하거나 흘리고, 침을 흘리기도 하며, 음식을 먹으려고 시도는 하지만 먹지 못하거나 얼굴 주위를 문지르는 행위를 하고 울음소리를 내는 경우도 있으며, 이로 인해 체중 감소, 모질 불량, 구취 등이 수반되기도 합니다.

진단

구내염은 진정제 투여나 마취를 통해 분비물을 채취하는 방법으로 검사가 이루어지는데, 장기간 음식을 섭취하지 못했다면 마취가 위험할 수 있기 때문에 혈청화학검사와 혈구검사 등을 실시한 후 이상이 없는 경우에 한해서 마취 후 치과 엑스레이검사 및 혈액검사를 진행하게 되고, 그렇지 못한 경우 임상 증상과 신체검사만으로 가진단을 하게 됩니다.

치료 방법

구내염은 통증이 아주 심하므로 항바이러스제, 항생제 그리고 진통제 등 내과적 치료와 가능한 경우 구강 내 소독과 발치 등을 실시합니다. 치료가 어느 정도 될 때까지는 죽이나 부드러운 습식 사료를 급여해주고, 구내염은 완치가 어렵고 장기간 치료를 요하는 질환이므로 음식을 먹지 않으면 입원하여 수액 치료를 병행해야 합니다.

THANK YOU FOR YOU

고양이 맘미 (4)

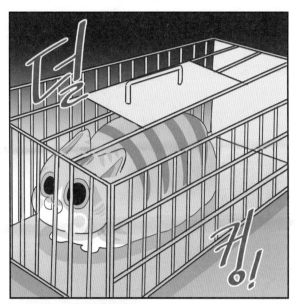

여보, 이불!!
이불로 가려요!!!

안 가져왔는데용…

절레 절레

그렇게 도착한 병원.

얌 - 미.

잠시만 안에서 기다려주세요!

네!

그때가 돼서야 우리는 얌미의 얼굴을 제대로 볼 수 있었다.

너… 너 진짜 이쁘구나.

캬아악

근데 정말 과장 안 하고 음식물 쓰레기 쉰내랑 오줌 지린내가 진동해요.

숨을 못 쉴 것 같아!

주차장 차 밑 쓰레기 더미에 몸을 누이고 있던 먐미는 위생 상태부터 심각해 보였다.

극도로 불안해하는 먐미를 위해 포획틀째 검사를 하기로 하고,

……

기다림의 시간.

임신이네요. 아마 일주일 내로 아기들이 태어날 것 같아요.

골반과 다리 쪽은 임신중인 데다 이미 다친 지 시간이 좀 흘러서 당장 어떤 치료를 하긴 어려울 것 같습니다.

열과 구내염 증상이 있는
얌미를 위해
임신 기간 중에도
쓸 수 있는 약을 처방받고
집으로 돌아가기로 했다.

여기요!

선생님이 유기 고양이라고
받지 말라시네요…

헉…!
헉, 그냥 내고 갈게요!

괜찮아요.

감사합니다…!

죄송스럽게도 얌미를
안정시켜줄 담요까지
빌려서 집으로 향했다.

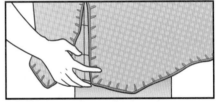

전염병의 위험 때문에
줍줍이와 완전히 분리시키기 위해
먐미가 쓸 방을 고르고

이게 뭔 냄새여!!!

뭔 냄새냐고!!!

여보는 그걸 해
나는 이걸 할게!

본격적으로 산실을 꾸밀
준비를 시작했다.

먐미야, 이제
여기서 푹 쉬어.

괜찮은 걸까…

이제 적응
잘할 거예요.

먐미가 줍이
싫어하면 어떡하지?

쒸이익

하지만 문제는
줍줍이였다.

임신한 고양이는 출산이 다가오면 안전하게
아이를 낳기 위한 산실을 찾기 시작합니다.
고양이를 위해 안전하고 아늑한 공간을 만들어주세요.

고양이 맘미 (5)

집에 들어온 침입자 때문에
잔뜩 화가 난 줍줍이는

오롱오롱오롱~

캬아악

며칠이 지나도
화를 풀지 않았다.

!!!!!

얌미 주인 못 찾으면 내가 키울래.

어시스트 콕이

엥?!

얌미 경계도 너무 심하고 만지지도 못하는데… 괜찮겠어?

얘기… 오…

나중에 아기도 낳고 안정도 좀 찾으면 괜찮아지지 않을까?

콕이는 마음을 굳혔는지 얌미를 지극정성으로 돌봤다.

얌미랑 같이 자기

같은 공간에서 일하기

빗으로 빗어주는 척하다가

스윽
스윽

은근슬쩍 손으로 만지기

스윽

노곤한 개

캬아아아악

께헤헤
피했지롱.

……?

먐미 진짜 더럽다…

으아악

얼른 닦아!!!

실제로 먐미가 우리 집에
온 이후로 집에서 한동안
지린내가 진동했다.

맘미는 마음의 문을
쉽게 열어주지 않았지만

괜찮지 않을까 하는
희망을 품을 수 있었다.

어제 맘미가
너 옆에서 잤어!

헐, 진짜?

대-박.

대-박.

맘미가 누웠던 이불

맘미의 출산 예정일은
코앞으로 다가왔고

이제 금방 출산 임박일 텐데
괜찮을까.

응! 나 수유해본 적 있어!

네가 이렇게 든든한 적은
없었어…!

지금은 출산 직전이라
특히 예민한 상태니까…

캬아악

출산하고 아기들이랑도 친해지면
먐미도 마음의 문을 열지 않을까?

그랬으면 좋겠다.

부러졌던 것으로 추정되는
먐미의 골반 때문에 수의사 선생님께
이런저런 상담을 받고

출산할 때 괜찮을까요?

문제가 생긴다면…

드디어 먐미의 출산일이 다가왔다.

 고양이는 다른 동물이 자기의 영역에 들어오는 것에 대해 특히 더 예민해요!

고양이 먐미 (6)

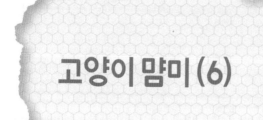
먐미는 사람에게 경계는 절대 늦추지 않았지만

꾸르르릉~

꾸르르릉~

잘 먹고

짭짭

잘 잤다.

실내 생활이 편한 것 같아!!
밖으로 나가고 싶어 하는 기색도 없고.

다행이에요.

그리고 보니
수의사 선생님이 그랬었죠??

출산 직전이 되면
밥을 안 먹으려고 할 거예요.

잘 보시고 산실을 더 편하고
어둡고 따뜻하게 만들어주세요.

휘잉~

지금 넣어준 집을
쓰려고 하지 않아서…

홍구야 미안하다.

조금 더 크고 폭신한 산실이 만들어졌고,
먐미는 밥을 먹지 않기 시작했다.

먐미를 위해 최대한 어둡고
아늑한 공간을 만들어줘서인지

아기가 안 보여…

혹시라도 출산 중 먐미가 잘못될 수
있기 때문에 번갈아서 일어나가며,
먐미의 상태를 살폈다.

그리고 아침.

퀭…

잠… 잠깐만 저거…

먐미야, 미안… 잠깐만…
잠깐만, 괜찮아…

캬아악

조심…

임신중인데 누가 발로 걸어찬 게 아닐까.

그래서 다리도 다치고 아기도 잘못된 거라면…

많은 생각들이 지나갔다.

숨 좀 쉬어봐… 조금만…!

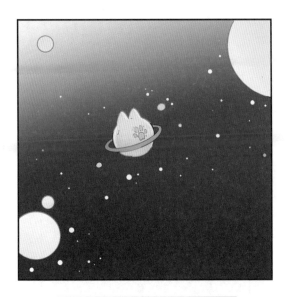

막내가 고양이별로 떠났다.

고양이의 임신 기간은 약 65일 정도이고,
한배에 4~6마리의 아기를 임신한대요.

고양이 맘미 (7)

본격적인 육아가 시작됐다.

삐이잉

삐이이이잉

삐이이이잉

동생들 눈도 다 뜨고
걸어다닐 때 되면
구들이 잘 챙겨줘야 해!

대박

얌미는 출산을 끝내고 얼마 안 돼서
다시 열병에 걸렸다.

아픈 얌미는 아기들을 돌볼
여력이 되지 않았고

나와 남편, 콕이가
수유를 하기로 했는데

3~4시간마다 분유를 타고
손등에 한 방울 떨어뜨려 온도를 체크한다.

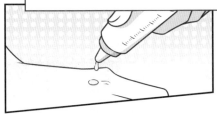

배변 유도를 끝내면

보온팩을 다시 데워 넣어줬다.

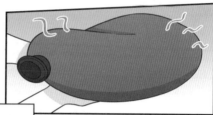

아기들은 어미가 아니란 걸
아는지 수유를 끝끝내
거부하려고 애썼고

걱정...

1시간 후에
다시 먹여보자.

5개나
생겼어!

다들 구내염과
수면 부족으로 인한 증상들에
시달려야 했다.

세이브 다 썼다...
아아아아~!

세 마리의 아기들 중
셋째는 가장 몸이 작고
약했는데

셋째가 갑자기 아프기 시작했다.

새벽에 병원으로 달려가서
일단은 수액을 맞혀보려고 했는데

몸도 혈관도 너무 작아서
바늘을 제대로 꽂을 수가 없었다.

그렇게 조그맣던 셋째는
고양이별로 떠났다.

……

맘미야 인사해줘…

몸이 조금 회복된 맘미는
아기들을 돌보기 시작했는데

삐잉-

삐잉-

옳지, 우리 맘미
잘한다~!

헉, 첫째가
눈을 반쯤 떴어요!

다행이야~!

가장 건강했던 첫째는
한순간 손쓸 틈도 없이
고양이별로 떠났고

곧이어 둘째마저도
힘이 없어지기 시작해서

아마도 엄마 고양이한테 있는
바이러스의 감염이 의심되네요.

그래도 카테터가 들어가서
희망을 걸어볼 수는
있을 것 같아요.

모두 다 할 일을 놓고
간호에만 전념했다.

카테터가 빠질 위험이 있기 때문에
움직이지 못하게 꼭 안고 찜질팩을 대주다가

삐잉-!

삐이이잉!!

움직이면 안 돼…!

1시간에 한 번씩
수액을 넣어줬다.

새벽까지 잘 버텨내던 둘째는
깊은 잠에 빠져버렸고

수액이 안 들어가…

맘미야 미안해…!

미안해…
아직 눈도 못 떴는데…

맘미야 인사해줘.

……

세 마리의 아기 고양이 모두
3일에 걸쳐서 맘미 곁을 떠나
고양이별로 갔다.

아기 고양이에게 분유를 먹일 때는 반드시 엎드린
자세에서 먹여야 해요. 아기 고양이를 뒤집어서 분유를
먹이면 분유가 폐로 들어가 위험해질 수 있습니다.

욘두가 오기까지 (1)

얌미는 다시 아프기 시작했고
몸도 마음도 힘들어진 듯했지만

이런저런 노력 끝에…

골골송을 틀어줄게.

골골골~
골골골~

쿵쿵쿵 쿵쿵쿵

집 주위에서 산책하던 구들은
또 고집을 피우기 시작했고,

저쪽으로 간다고~!

마지못해 따라가 보니

껑껑껑
껑껑껑껑!!!!

아기 고양이가…
비를 잔뜩 맞고 있었어요.

나 어떻게 해야 할지 몰라서
일단 집으로 왔어…

구가 막 계속 울어서…

나랑 같이 가봐요.

켄넬을 가지고 얼른 주차장으로 가보니
펜스가 넓게 둘러진 텅 빈 주차장 안 한편에

빗물에 몸이 거의 담긴
아기 고양이가 있었다.

···!

도망가면
어떡하지···?

라고 생각하며 손을 뻗었는데

그대로 흙탕물에서 건져내
바로 병원으로 향했지만

저체온증이 너무 심해서
입원을 하고 지켜봐야
할 것 같아요.

괜찮을까요…?

이틀 정도만 입원하면
퇴원할 수 있을 것 같아요.

다행이다…

어떻게 며칠 새 이런 일들이 계속해서 일어나는지 모르겠어요. 너무 힘들다.

구들 때문이야…!

그런데 있잖아요? 셋째 대신 왔나 봐요.

그런 거야…?

웅!

어떻게 생겼는지 제대로 봤어요?

아니요. 어땠는데요?

여보가 셋째 이름 온두로 지을까라고 했었잖아요?

웅.

요두랑
똑같이 생겼어!

셋째랑??

아니
요두랑!

아, 진짜
뭔 소리야.

우주 수호자 요두

어떻게 고양이가
요두를 닮아.

아, 진짜라니까.

다음 날 찾아간 병원에서
고양이 얼굴을 제대로 볼 수 있었다.

내애애애앵애애-

진짜 닮았네.

그치?

웅.

고양이의 골골송은 스트레스를 감소시켜주는
효과가 있다고 하네요.

139

욘두가 오기까지 (2)

이틀 정도 입원하면 괜찮아질 것 같다는
수의사 선생님의 기대와는 달리

욘두는 회복이 많이 더뎠다.

내가 조금만 더 빨리 구할걸…
여보한테 오지 말고
그냥 얼른 안아서 올걸…

여보, 재구랑 홍구랑
같이 가서 켄넬도 없는데
어떻게 고양이를 데려와요.

여보가 어떻게 할 수 없는
상황이었어요.

그래도…

안녕하세요.
길고양이 보호자님…

지금 병원으로
와주셔야 할 것 같아요…

헐레벌떡 달려간 병원에서
욘두는 사경을 헤매고 있었다.

어제까지만 해도
괜찮았었는데…

……

욘두마저 세상을 떠났다.

다시는 이런 일이
안 일어났으면 좋겠어.

다시 일상으로 돌아가서
시간이 흐른 후,

여보, 지금 직장에서 아는 분이
고양이 키울 사람 있냐고
사진 보내주는데…

응?

직장에 있던 남편에게 연락이 왔다.

남편 직장 동료의 아는 분께서
집으로 들어가던 중

나를 키워라.

안 돼…!

키우라고!

탁

탁
탁

나는 개파야…!

사진 보냈는데, 한번 확인해볼래요?

왜…?

당시 이런저런 충격 때문에 남편의 말에 살짝 겁이 났지만

요두다…!

뭐시여?

그렇게 요두는
우리 집 막내가 되었다.

그리고 그 후

재구　　홍구　　줍줍　요두

얌미는 어시스트
콕이네 집으로 이동해서

밥ㅡ!

캬악

캬아악

무럭무럭 건강한
냥아치로 살게 되었고

똥꼬발랄한
막내가 생겨버린 구들은

고양이가 살짝 귀찮아졌다.

홍구와 욘두.

엄마 고양이는 아기 고양이의 항문을 핥아
배변 유도를 합니다. 만약 어미가 돌봐주지 않는다면
사람이 직접 티슈로 항문을 두드려서 유도를 해줍니다.

멍멍이는
고양이가 귀찮아

멍멍이들은 집 안에 고양이들이 많아지자
살짝 고양이가 귀찮아졌다.

자연스럽게 산책중에 만나는
고양이들에게도

그렇지만 가끔씩
예외의 상황은 발생한다.

나무 위에 올라간 고양이
개종개!!!

겁도 없이 다가오는 고양이
너무 좋개!!!

때리려고
오는 거임

캬아악!

그만~~!!!
가자!!!

앙… 앙뇽… 뇽…

홍재구,
너 자꾸 그러면

까아아아아악!!!

제주도 고향 집에서 보던
쥐들과는 다르게
도시의 쥐들은 정말

짱 크고

으아아!
빨리 도망가줘 제발.

짱 느렸다.

그러던 중 홍구가
죽은 쥐를 발견했다.

안구 보호

마이 아이!!!

내가 잡았개!

당 당

으아아악 물지 마
물지 마!!!

자의식 다이징!

푸르륵

푸르륵

그날 홍구는 집에 갈 때까지
멋진 표정을 짓고 다녔다.

홍홍구 더러워…!
저리 가…!

그리고 도착한 집.

……

목욕의 방으로.

낑윌럴 낑워러러렁~!!!

목욕 후에는 다시
착한 표정으로 돌아왔다.

죽은 쥐는 질병의 위험이 있으니
멍멍이가 물지 못하게 주의해야 합니다.

멍멍이와
고양이

등 붙이고 자기

2멍 1냥

온두는 재구 옆이 좋다냥

멍멍이와 아이들 (1)

멍멍이와 자주 산책 가는 공원 근처에는
어린이집과 놀이터가 있어서

멍머니!!!!!!!!!!!!!

산책 나온 어린이들과
자주 마주칠 수 있다.

애들아, 그렇게 크게 부르면,
멍멍이가 깜짝 놀라요~

선생니.

?

선생니.

선쨍님.

159

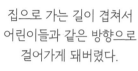

집으로 가는 길이 겹쳐서
어린이들과 같은 방향으로
걸어가게 돼버렸다.

관심 종자라 괜히
자신감 넘치는 뒷발 차기

그러던 중 응가가 하고 싶었던 홍구가
자세를 잡기 시작했다.

돌발적인 아이들의 행동은 멍멍이를 깜짝 놀라게 해
위협적인 반응을 불러일으킬 수 있어요! 언제나 먼저
"다가가도 될까요?"라고 물어보는 게 중요하답니다.

멍멍이와 아이들 (2)

어느 날은 놀이터 근처에서
쉬고 있던 중

여보, 나
치킨 사올게!

어린아이 한 명을 만났다.

빼-꼼

빼애애애애애애꼼

가까이 가도
돼요…?

??!? 웅!
가까이 와도 돼요.

살포시

멍멍이랑 인사해도
돼요…?

아?!!

웅, 멍멍이랑
인사해도 되는데요…

지금 멍멍이가
찍찍이 찾는다고 바빠서
인사 안 해줄 것 같아요.

미안해요

낑낑낑…
낑낑낑!!!

167

갑자기 자기소개.

저는요 □□□이고요~
2학년이고요~

그렇구나~

□□학교
□반이고요~

멍멍이
안아주고 싶어요.
(급 본론)

멍멍이 만져봐도 될까요···?
멍멍이 만지면 좋을 텐데···

공손

부모님이 누구니.
어떻게 널 이렇게
예쁘게 낳으셨니.

야야, 너희들 평소 하던 대로 좀
꼬리도 흔들고 좀 이 녀석들아.

쉬 있다고~
깽깽
낑

팬 서비스도
모르냐.

허억! 그럼 멍멍이 만지면 안 돼요!!
멍멍이 만지면 아야 할 수도 있어요!

그…렇…겠…죠…

울지 마
울지 마

이 알레르기 나쁜 녀석!
최고로 못된 녀석!

어… 어!
짜먹는 간식

우리 집에 이거
여러 개 있어요!

다행!

여기 놀이터에요
고양이 두 마리 있는데요.

이름이 카×랑
하×트예요!

그 이름은 도대체
누가 지었나요.

이거 짜주면 카×는 핥아서 먹고 하×트는 씹어서 먹어요!

그리고 또 ~~~

~~~~~~

그렇게 고양이에 대해서 20분간 설명을 하더니

타다닥

친구들에게 뛰어갔다.

여보! 엄청 오래 기다렸죠! 진짜 늦게 나왔어…

귀여움은 세상을 이롭게 한다

?

치ー킨

 멍멍이와 인사하는 방법을 알아봅시다.

처음 보는 강아지와
인사하고 싶을 때
일단 강아지의 보호자분에게
허락을 구한 후

 너무 정면으로 바라보지 않게 앉고

코앞으로 주먹을 살짝 내밀어
냄새를 맡게 해줍니다.

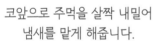

싫어하지 않는다면 턱밑부터
살짝 쓰다듬어주세요.

커다란 우산 등을 들고
인사하려고 하면 강아지가
무서워할 수도 있어요!!

특히나 아이가 강아지를
만지고 싶어 할 때는
더더욱 주의해주세요.

멍멍!

아이들의 제스처는
어른만큼 조심스럽지
못할 수 있어서

초면에
일어지 말개

강아지들이 당황스러워하는
경우가 많습니다.

그렇지만 그중에는
관종견도 있었으니…!

예쁘다, 아이 예뻐~
귀여워. 안녕~

만지고 싶다.
ㅜㅜ

만지면 싫어할지도 몰라.
인사만 해.

요즘에는 매체에서
펫티켓을 많이 소개해줘

다들 매너 있고 조심스럽게
행동해주시는 것 같아요.

웅, 다행이야.

예쁘다며
예쁘다며!!!!!!!

깡깡

왜 안 만져주개
만지고 가개.

끼이잉

관종견인 구들은 슬펐다.

멍멍이가 노란 리본을 달고 있다면
만지지 말아달라는 의미이니 조심해주세요!

옐로 리본

욘두의 적응 일기 (1)

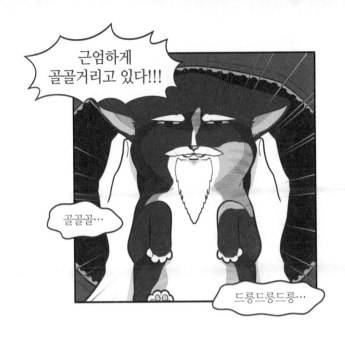

순간 근엄하던 온두가
깨어났다.

근엄한 게 아니고
그냥 졸렸던 거군.

생각했던 티벳 고양이 같은
이미지와 달리
우리 집에 온 윤두는
개냥이 그 자체였다.

처음에는 구들에게도
줍줍이에게도
데면데면했지만

와로로우룽로로

어떡하지…
친해지질 못해서…

며칠 내로
괜찮아질 거예요.

그 특유의 친화력으로 빠르게 극복.

내 부하
1호임

아니, 아까까진
싫다며.

으르르르릉…

싫다는 홍구 옆에
붙어서 자기.

그렇지만 욘두도
특유의 기웃기웃 성향으로
집사를 괴롭게 만들었으니…!

따흐흐흑…!

… 마렵군!

토도도도독

욘두는 줍줍이의 은밀한 시간을
꼭 따라가 옆에서 관람한 후

줍줍이의 흔적을 완벽하게 묻는
습관이 있었다.

으휴 칠칠맞지
못하다냥~

스으윽

스윽

쪼끄만 발로 열심히 묻느라

그리고 몇 시간 후.

고양이는 특별한 이유가 없다면 목욕을 거의
필요로 하지 않아요! 억지로 씻길 필요는 없답니다.

욘두의 적응 일기 (2)

욘두는 특유의 치대는 성격과

우다다

우다다다다닷

캣초딩 특유의 발랄함 때문인지

여보야 내 티셔츠 여기 없어?

줄무늬 있는 거~

그거 세탁기에 있어요~

쏙

언제 빨았대…
나 입으려고 했는데…

힝…

타

다른 거
입으면 되지~

욘두는 정말 오랜 시간을
옷장 안에 갇혀 있었다…

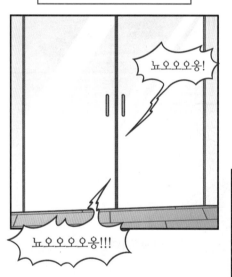

뇨오오오옹!

뇨오오오오옹!!!

나중에 방에 가보니
줍줍이가 나름 열어주려고
애쓰고 있었음.

헉!

덜컹덜컹

뇨오오오오!!!!

185

언제 들어가 있었어
이 멍청아…!

고르르르릉

우리 줍이
아주 착한 언니야!

[밥도 간식도 양보하는 착한 줍줍]

정말 예상 밖의
행동이다…

내 부하는
잘 먹어야지

욘두에게 간식을 주러
가는 길에도

간식 먹을까?

간식!

간식.

기분이 좋으니까 치댄다.

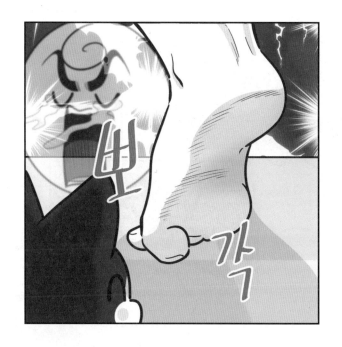

윤두의 치대는 성격은
다양한 사건 사고를 만들어냈다.

그러던 어느 날.

〈방묘문 관리에 신경 써야 하는 이유〉

아니 여보야 놀라지 말고
여보야 내가 내가 욘두 데려올게.

야~~!!!!!

너무 놀라서 당황한 종구는

욘두야야아아아아아~~~!!!

카아아 아악

진격의 종구

그렇게 하면
놀라서 도망…!
간다고…

갑   갑

다행히 엘리베이터를 타지 않고서는
내려갈 수 없는 고층이라
욘두를 쉽게 잡아올 수 있었다.

나는…!   나는…!!!

왜, 여보가 달려가면
욘두가 뛰어와서 안길 줄이라도
아셨습니까?

그ㅡ래!

고양이한테
뭘 바라는겨.

와이프 말을

··· 잘 들읍시다.

네.

여보 미워!

욘두도 미워!

도랐나.

좁은 틈으로도 빨리 빠져나가는 고양이들의
가출을 막기 위해 방묘문 설치가 필요해요!

욘두의 적응 일기 (ㅋ)

줍줍이는 정말…

정말…

욘두가 너무 좋았나 보다.

와, 진짜 줍이, 욘두 없었으면 어떨할 뻔했냐…

콱콱콱
콱콱
팡팡

줍이, 동생 갖고 싶었구나.

빨리 친해져버린 줍줍이와 욘두는 폭주기관차가 되어 집 안을 헤집고 다녔다.

애앵애애애애~

우다다다

얆오르르로롱~

고양이 놈들의 행동을 지켜보면 웃긴 점이 하나 있는데,

자기들끼리는 몸 위로 넘어 다니지 않는다. 예의 없는 행동이라고 생각하는 듯.

멍멍이에게도 조심해준다.

그렇지만 우다다할 때는
가끔씩 밟아줌.

꾸르르르르르릉…!

인간은 어찌 됐든 상관없다.

쿱…!

목젖 밟혔어…!

?!

이렇게 아무 양심의 가책도
느끼지 못하는 고양이 녀석들에게
잔소리를 한번 해줬더니

좀주비 너 이놈
아주 못됐어!

동생한테도 못된 거만
가르치고 말이야!

앻오로로로로로~

고양이 놈들이 폭주해버렸다.

놀란 재구는
화가 많이 났나 보다.

하지만 홍구는 얄짤없다.

냠냠

찹찹찹

와, 저거 쪼끄만 것들!
저게 내 밥을 훔쳐 먹네.

으릉···
(나와라)

먹기 싫어서
남긴 거지만

너들은
안 줄 거임

홍구는 개밥 뺏기는 걸
참을 수 없어 하지만

찹찹찹찹찹찹찹

냥밥은 잘 뺏어 먹는다.

(한심)

고양이 사료는 단백질 함량이 높아서 강아지들이 좋아하지만
너무 많이 먹는다면 살이 찔 위험이 있어요.

방묘문에 대해서

집 밖은 위험해

어느 날 산책 후 집에 와보니

구야 이제
물 먹고 쉬어.

끼잉...

왜 그래?

왜 끼잉해 재구?

절뚝

절뚝

놀랍게도 그다음 날 또
발바닥에 사탕이 붙었고

3일 후에는 껌이 붙어 있었다.

재구는 발바닥 털을 잘라내야 했다.

멍멍이를 키우게 되니까
전에는 미처 보지 못했던 것들이
보이는 것 같아요.

마치 바로 이…

숨은 치킨 찾기

빨간 단풍과 볶음김치

작가도 이해할 수 없음

벤치 편육

왜 멍멍이들이
산책을 이렇게 좋아하는지
알 것 같기도 하다.

뷔페 같은 거잖여?

찹찹찹

고양이밥
먹지 말랬지!!!

찰딱

미안해서 홍구 간식 넣어주기.

그리고 요즘 같은 날씨에
가장 많이 가져오는 건

쿵쿵

쿵쿵쿵

쿵쿵쿵

뒤적

뒤적

✛ 새벽 산책을 하던 중
재구가 또 낑낑거렸다.

낑…

낑…

여보,
재구 또 껌 붙었나 봐!
발바닥 확인해봐요.

없는뎅?

그러게
뒷발에도 없는데.

오… 쓋…

재구의 엉덩이에는
이름을 말해서는 안 되는 그것이
달려 있었다.

끼잉…

보다 못한 종구가
비닐장갑을 끼고 떼줬더니
기분이 좋아졌다.

맴슴도치.

산책 시 리드줄을 꼭 잡고 멍멍이들이 가는 길을
같이 둘러봐주세요. 길에는 생각보다 멍멍이가
먹을 만한 이물질들이 많답니다!

강아지는 왜
풀을 먹는 걸까요?

소와 같은 초식동물이 아닌데 산책 시 풀을 뜯어 먹으니
걱정이 되기도 하고, 배가 고픈 것은 아닌지,
어디가 아픈 것은 아닌지 혼란스럽기도 할 것입니다.
음식 외에 먹지 말아야 할 것을 먹는 이상 상태를 이식증이라고 하는데,
섬유소 등 영양분 부족, 기생충 감염, 췌장염, 심리적 지루함 해소
혹은 스스로 구토를 하기 위한 수단 등이 그 원인이 되며
지속적인 풀 섭취는 기생충 감염이나 위장 장애를 유발하고
제초제 등 농약에 중독될 위험을 가져오므로 질병이 되는 원인들에 대해서는
동물병원 진료 후 원인 교정 및 구충을 정기적으로 해줄 필요가 있습니다.
심리적인 원인에 대해서는 주의를 다른 곳으로 돌릴 수 있는 놀이를
활발하게 할 수 있도록 도와주고, 스트레스를 해소할 수 있는 껌이나 장난감류를 제공해주세요.
영양분 부족이 원인이라면 사료를 섬유질 함량이 높은 것으로 교체해주어야 합니다.

멍멍 냥이의 방귀

멍멍 냥이도 방귀를 뀐다.
그것도 엄청 많이,
아주 지독하게.

누구냐 똥방구.

특히 줍줍이는 원래 좋은
먹성+중성화 후 더 심각해짐 콤보로

방귀 서열 1위

뿡

뿡

배에 항상 가스가 차 있는
상태가 돼버렸다.

줍쥬비
쓰담쓰담 해줄게~

그래서 조금이라도
배를 만져줬다가는

푸슉

롸아아아아아-!

챙

깡

이래야 할 것 같은 기분입니다
실제로 이러면 안 됨

후욱 후욱… 겨우 참아냈다. 아침에 먹은 걸 확인할 뻔했어.

여보, 홍줍줍 미쳤나 봐 진짜…

여보는 왜 방귀 가지고 뭐라고 하니.

줍아… 똥 쌌니?

푸쉬쉭

거봐라.

줍줍이의 뒤를 따르는 욘두의

골골골~

골골고르고르고르고르

애교를 가장한
초근접 방귀폭탄.

푸쉬-익

허엽이-!!!

타다다다
다다 다

허억… 허억…

허어억…!

기도를 통해
폐까지 전해지는
느낌이 너무
생생했다…!

누군가는 내가 오버한다고
생각할 수 있겠지만

217

증인 1

〈5kg을 위하여〉 어시이자
바이올린 집사, 주도

와— 아—
옆에 똥 싼 줄
알았네.

너도 고양이
키우잖아.

아니, 보통
이 정도는 아냐…

… 진짜네?

증인 2

〈노곤하개〉 어시이자
맘미 집사, 콕이

거봐 진짜라니까
왜 아무도 믿지를 모태.

야, 너희들 그렇게 과식하니까
자꾸 배에 가스가 차지.

참참참

개밥 냥꿀맛

참참참!

줍줍이와 욘두는 끊임없이 밥을 처먹고
끊임없이 우다다를 하기 때문에
살이 찌지 않는다.

제발 두 개 다
적당히 해줘…

그리고 가끔이지만
어마어마한 화력을
자랑하는 멍멍 방귀.

방귀 냄새 주제에…
축축하고… 무겁다…!!

홍구는 자꾸 자다가 방귀를 뀌는데

자기 방귀에
자기가 놀라서 깨기

흐음…
아침에 개 사료를
드셨군요…?

왜 날 보냐.
네가 뀐 겁니다만?

그리고 재구.

뿌옹

홍재구 방귀 뀌었대요!!!
범인은 너다.

방귀 꿨어요~
모르는 척할 거예요~

방귀 뀐 재구.

멍냥이들의 방귀도 사람처럼 자연스러운
현상이에요. 하지만 너무 많이 뀐다면
소화불량일 수 있으니 병원에 데려가야 합니다.

멍멍이와 장난감

재구는 장난감을
너무너무 좋아한다.

엄청 아끼는 바람에
살살 물기

재구의 장난감 목록들

그리고 흥구는…

나는 다 큰
멍멍이다.

틴

그런 거 가지고
놀 나이 지났음.

재구는 장난감을 입에 물면 열심히 달려가서 적당한 곳에 장난감을 숨기는 버릇이 있다.

225

홍구는 터그 놀이에도
관심 없다.

같이 놀개.

놀개!

(무시)

홍구가 좋아하는 술래잡기.

툭

장난감은 됐고
술래잡기하개.

툭툭

멍분싸⋯

(무시)

내가 잡을

야, 꺼져.
내 꺼여.

그 후로 홍구의
전용 장난감은
풍선이 되어버렸다.

10개쯤 찢고 난 후 질렸음.

그리고 거 가지고 놀 나이 지났음

젠장.

노는 게 좋은 재구와
아 왜 저래 홍구.

명저씨는 장난감 따위

가지고 놀지 않는다

멍멍이들은 기다란 장난감을 당기고 노는 터그 놀이를 좋아해요! 쉬는 시간에 같이 해보는 건 어떨까요?

장난감을 만들어봐요

멍멍이의 방귀에 대하여

강아지들도 사람처럼 방귀를 낍니다.

복서, 불도그, 퍼그와 같이 해부학적으로 코가 짧은 단두종 강아지이거나

음식을 먹을 때 허겁지겁 빨리 먹고

땅콩과 같은 콩류, 유제품, 고지방 식이, 당분이 첨가된 음식,

과일류 등을 섭취한 경우, 질이 나쁜 사료를 먹었을 때

소화가 잘 안 되면서 가스가 많이 만들어져 방귀를 많이 끼지요.

습식 캔에 포함된 보존제인 카라게닌과 같은 성분이

염증성 장 질환을 일으켜 장내 가스 형성을 촉발하기도 합니다.

장내 가스 형성을 억제하려면 규칙적인 운동과

프로바이오틱 제제의 급여가 필요하며,

호박과 같이 소화를 도와주는 음식을 첨가하거나

활성탄 성분이 함유된 보조 간식,

위장이 예민한 강아지가 먹을 수 있도록 고안된

사료를 급여함으로써 장내에 과도한 가스가 생기지 않도록

도움을 줄 수 있습니다.

노곤하개 ❹

글·그림 | 홍끼

초판 1쇄 인쇄일 2019년 2월 18일
초판 1쇄 발행일 2019년 2월 25일

발행인 | 한상준
편집 | 김민정·이지원
자문 | 한준근(분당 펫토피아동물병원 원장)
디자인 | 김경희
마케팅 | 강점원
관리 | 김혜진
종이 | 화인페이퍼
제작 | 제이오

발행처 | 비아북(ViaBook Publisher)
출판등록 | 제313-2007-218호(2007년 11월 2일)
주소 | 서울시 마포구 월드컵북로 6길 97(연남동 567-40 2층)
전화 | 02-334-6123 팩스 | 02-334-6126 전자우편 | crm@viabook.kr
홈페이지 | viabook.kr

ⓒ 홍끼, 2019
ISBN 979-11-89426-28-6 04810